# 万物清灑

啊 呜◎著

浙江工商大学出版社
ZHEJIANG GONGSHANG UNIVERSITY PRESS

**图书在版编目(CIP)数据**

万物清癯 / 啊呜著. — 杭州 : 浙江工商大学出版社, 2018.8

ISBN 978-7-5178-2889-1

Ⅰ. ①万… Ⅱ. ①啊… Ⅲ. ①诗集—中国—当代 Ⅳ. ①I227

中国版本图书馆 CIP 数据核字(2018)第 180267 号

**万物清癯**

啊　呜　著

---

**策　　划**　杭州万事利天时文化创意有限公司
**责任编辑**　刘淑娟　任晓燕
**责任校对**　何小玲
**封面设计**　林朦朦
**责任印制**　包建辉
**出版发行**　浙江工商大学出版社
(杭州市教工路 198 号　邮政编码 310012)
(E-mail:zjgsupress@163.com)
(网址:http://www.zjgsupress.com)
电话:0571-88904980,88831806(传真)
**排　　版**　杭州朝曦图文设计有限公司
**印　　刷**　杭州半山印刷有限公司
**开　　本**　710mm×1000mm　1/16
**印　　张**　9.25
**字　　数**　131 千
**版 印 次**　2018 年 8 月第 1 版　2018 年 8 月第 1 次印刷
**书　　号**　ISBN 978-7-5178-2889-1
**定　　价**　28.00 元

---




浙江工商大学出版社营销部邮购电话　0571-88904970

# 以写作撑起现实的墙（代自序）

2005年春末，各种招聘即将结束，而我还没从考研的噩梦中完全清醒，只是漫无目的地满世界投送简历。

踏上火车的时候，我都不曾仔细查看地图，去弄清楚目的地到底在地球的哪个角落。只不过是因为这个地方的人最先回应了我，我便直接奔了过去。似乎从一开始我就没打算要和现实讨论什么，而事实上接受一直是生活的常态，即使那时我还不具备这样的常识。

从重庆到杭州，差不多四十个小时的火车车程，中途意外抛锚，停在江西一片荒野之中三个多小时，莽莽苍苍的感觉几乎呈现了生命的某种本相。从杭州到舟山沈家门，不过四个半小时的大巴车车程，因为堵车和加班车司机不熟悉路线，硬生生又增加了两个多小时。晚上近九点才下车，幸好马路对面就有一个小旅馆，帮了一个全无头脑的人一把。

而在那个春风沉醉于清冽海水的晚上，旅店只剩下最后一间房，我不得不和一个陌生的年轻军官在互相查看了对方证件后，达成同住一室的“共识”。这种陌生的奇妙感几乎是熟悉的，你明明不认识，却恰恰在身边。第二天醒来，他已经不见了。我怀疑了一下：他存在过吗？隐约中他似乎跟我打了个先走一步的招呼，但如此模糊。如果他真的存在的话，不知是否也会有同样的怀疑。

自始至终，我都没来得及对这段我满怀仓促而现实十分拖沓的经历感叹什么，中途也没有停下来思考任何的细节，只是因为要解决一个肤浅的问题:养活自己。

面试、签约,然后一住就是十二年了。噢,现实又何以变得如此迅捷了?

何止于此。进入学校做教育工作,引导一个人在求知、向善的正途上始终不偏离航线,那本来就是极为艰巨的任务,更何况我每年都要面对上百人的庞大队伍,于是时不时会冒出惊惧和无力。而何时买房、何时购车、何时结婚、何时生子,都是预设的步骤。于是我一次次问自己:我可以什么都不要吗?我可以在每一个冬夏的黄昏,什么都不想,只是去观察海的波纹是怎样复杂又单调的层次吗?

最终我发现,谁都不知道现实的力量到底有多强大。这是现实二字最不现实的地方。

当一个人一而再再而三地用成人的、成熟的、符合成功范式的观念指导自己避开本来的想法,完成自己人生中一个又一个重大的选择,最终把自己变得周围所有人都认识,唯独自己不认识的时候,写作,或者一切艺术活动,至少于我,才是必要的。毕竟每天看着一个不像自己的自己活在自己的视野之中,是一件必然感到恐惧的事情。

我大概是顺应过往的兴趣,选择了诗。然后不断地在虚幻的现实表象之下,给予自我以内心的真实,或者是在太过现实的生活之中,给予自己虚幻的内心想象。这时候,谁分得清真假呢?

正是在这个意义上,我意识到诗意是一种危险的平衡,一种真与幻的平衡,一种非真与假幻的平衡。

为了追求这种平衡,我不给自己的写作题材或对象设限。山水自然、生活琐事、日常器物、人文历史,以至于神魔鬼怪、未来时空,我都乐意纳入笔端。

为了追求这种平衡,我总是竭力在探索细微处的宏大意义,在行游中发掘自然山水的超自然价值,描述光怪陆离中的秩序,用非理性对抗工具理性,追求超现实的虚幻可能,等等。我想在一些悖谬的、反常的情境中,甚至是想象性的空间里,探求存在的经验。

写作诗歌不只是因为看见了什么、听见了什么,也从来不只是为了让人看到什么、听到什么。不一样的题材、不同的视角，必然带来新鲜感，诗歌是需要新鲜感的。有了新鲜感，阅读诗歌的人才能从中获得超出生存本身的感知和体验。

而通过追求这种平衡，我也得以在现实的狰狞和内心的温柔之间获得平衡，在沉醉和清醒之间找到沟通。我不能让现实的墙压下来，把我压成本心所抗拒的另一个形状、另一种面目。我要让自我可以在现实面前保留生命最初的一点纯粹和天真，让每一个沉重的夜晚，都能“从淤泥里绽出尖白的莲骨”（《静物：苹果》）。

# 目　录

## 第二辑　一种被毁弃的悖谬



## 第三辑　含苞欲裂的火焰

## 附　录

## 第一辑

# 三万里光阴

# 朦胧的黎明

我胆怯地开始数数
从一到六十七
父亲终于让鱼下锅了,“哧啦”……
它不怕烫吗
也不怕吵,安静是不怕吵的
六十八,灶沿有些发黑
外面的天空
黑下来了,灯没开
而灶口母亲的脸光亮起来
是橘子的颜色,很新鲜
几乎是很薄的皮
才会无所顾忌地暗示着丰沛
六十九。我怕这个数字
“哧啦”……翻身
然后呢,六后面是几
是翻脸
今天下午牡丹抢了我的一只拖鞋
我追到她家里。七
她关门不出来。七十

父亲加了酱油,他的脸
好像也更暗了
夜晚不会明白弱小的含义
从七十一到九十三
我没再看母亲的橘子
酱油已经渗透到鱼的皮肤里
从银亮到焦虑的黄
再到现在几乎无法吭声的暗调
仿佛中午吃过饭
爷爷逮到的那只龙虾
是在东边的河里
它有些老了,壳是暗红的
它会夹我手指吗
九十四。爷爷说,养起来
让我按住它的背。从它身后去按
无论老少,都将趴到地上
啃泥土。我顿了顿
辨认了一下父亲的眼睛
和眉毛,九十五
这时候锅盖盖上了
父亲把菜铲横放在上面
敞亮的音响变得沉闷
从九十六到九十八
一条板凳被移开桌子
坐下。九十九。面朝父亲
我只面朝父亲
上午我去幼儿园报名
一言不发,似乎

拒绝认识所有的人
人不是生来就与世为敌的吗
母亲站起来。一百
洗手,吃晚饭了,灯一开
我的眼睛有些惺忪
好像入夜才是这一天的开始

# 下

下楼，需要把握一整个下午的阶梯
外面人与太阳拥挤在一起
打开衰败的车门
门内正在下雨，我的心灵之核
长久地浸泡在水下，酸腐味
在我抵达下一站之前，就已散发出来

公交转弯的时候，谁已经下厨
快乐的饮食男女，点一下头
等待下一道菜。而我已眼神下垂
猜测作料的成分是否润滑，猜测肉体
在热气升腾的一刹，是否如原始般鲜活

下一顿饭，下一个人
会坐到我对面，丢下所有表情
诱惑我。能否将我强行拐卖
让下一滴眼泪在眼角上吊
在同一个生僻的下午，成全
最终不得不沉默的下半辈子

门“哐啷”一声，下车了
我要在怎样的房间下脚？守住
棉被和体温。我相信
过道的墙壁上，下一幅装饰画将影射
我荒唐的来路和去路

这个下午，就让我放下身段
偷偷躺下一小会儿
让那些沾染了厨师汗水
和学徒血液的食物，等待戈多
而天空和假装仰视的我
面对面交谈，于是，我的下半身
将与头部，分享同一海拔

# 呓语三首

1

喧嚣、疯癫的人，揪出灵魂
熔岩沸腾，如爱情四散流走
慌张而失神，烫伤影子
黑夜沸腾起来，气泡破碎的声音
撕裂了含苞的欲望
人变成透明，虚空凝结于蝶翼
我需要、我要、要一次飞翔

2

黑夜附着在每一束月光上，收缩
一根黑瘦的树枝，再收缩
听，爆裂了！苍白的笑容浸入粗粝
分娩出大大小小的哭泣，一个个
挂上枝丫，美丽地抽搐
又任性地开败、歇斯底里地萎缩

请别、别碰我，让我像一枚松果坠落

3

有没有愤怒的兔子，双眼血红
将我生硬地撞倒，让我
像串起沙砾的青藤，浑身叮当作响
下雪了！沙土终于垂死般
松开手臂，袒露胸膛，满腔冷冽

# 滴水的阳台

旁边是一棵树,开败了
头发错乱
前面是整个冬天,有一点脏
可以看到寒冷的方向
灰蒙蒙的开阔,把隐秘掩藏了

小宇宙转向天空时
所有眩晕收紧,胸腔打开
这是沉默之初
扑朔迷离
用空茫,或一无所有
过渡到节日来临、开怀
闪念中,整个时间的建构
尚未完成

而,雪线已经划定
这会是一道堤坝
判定渴望和跌落
拒绝无数分岔

和火柴盒里拥挤的命运

某一滴水裂开,没有依托
因而注定要枯萎
或者因旋转而永无止境的梦
会吻合某个无名的内心

# 三头六臂的大米

不是每个异乡人都怀揣着故土
不拉肚子，不蹂躏内心
静候早晨，细长的小面、空心菜
和麻辣的麻，可以捏紧小心眼
让异乡的水不再渗入

用平稳的心跳，跳出绿灯吧
所有滑稽的人从早餐开始升值
买上两千股！让过往朽烂
让它和我的未来，没有递进关系
就像一些发黑的土豆丝
只是挂在胃壁上炫耀孤独

而越过黑木耳、白肉片、红辣椒
以及“咯嘣”的石子儿
最后要做的只是掏钱、付账
那些大米将留在谁的下巴
大摇大摆，仿佛从黄昏里爬出
又跌跌撞撞，入夜而去

# 一枚硬币

它要，高高地，高高地
从空中落下，翻转陈述
顺叙或倒叙？阳光下
它太耀眼，因而无法看清
人们徘徊的过程，是从
哪一点，抵达九点整
当当……连续地撞击底线
生存从这一刻开始了
蹦跳、呆滞。坚持两秒
细长的喉咙永远在油画里
呐喊。可人都出去了
空荡荡的十七时三十分
要一杯浓茶催醒一个白夜

# 某　人

他站在门口张望
喉结浮动,像酒瓶里的气泡
吸附了宽敞的嚎叫
他以一整个青春
来面对,会沉默百年的
伤口和火焰
而不管我们何曾如此相似
他最后望见了
而我不知道日头一歪
是否也会卡在这无从挣扎的空间

# 棋

这仅有的一枚黑子
我没法把它放在太阳里
让它隐身在光明中
它是一块金子,沉默着
可以吞下,满足一个人
一辈子总要死一次的
愿望,可我犹豫了很久
最终,将它放在十字路口
赢了一次满盘皆输

# 我的江湖

不想做掌门的弟子
不想练一招醉
更不想继承衣钵,赶着春秋更替
摆开黑白相间的玄机
等白衣胜雪
等须眉染霜
等自己能清灵地落子
不说旧事故人
也不说享年。就是归隐,也太轻

# 城市之火

我在周末的下午醒来，仿佛
一直潜伏在西斜日光的下方
脸色浮肿。一些闪失、惊悸
松松垮垮地从肉身长出进化
不设防的刺猬。洗澡、吃饭
拉皮，贵公子款款步入夜色
把炉火点燃，大厅开阔沉静
脚步停下，看不到十秒之外

# 不再年轻的人

可以伸出手，变成
湿漉漉的枝丫
等梅花、桃花、樱花
渐次开出虚情
也可以假意放肆
把早晨分作若干橘瓣
分别隐藏
酸甜、酸涩、酸辣
还可以催促钟面
让时针比分针更快些
以便若干年后
你大剌剌地给自己
扎上针尖，追问：
可不可以再快一点
再快一点
就到了时间的前面

# XXXX 次火车

闹铃,五点五十
隔座大爷,脚臭熏天
眼皮打架
晃动的车厢一头
烧煤的炉子在黑暗里
展露红心,热烈而宁静
水从杯子里溢出来
牙缝间咝咝的凉气
一不留神就溜到某个缝隙
藏匿,再也找不见了
有人踢开我的脚
湿漉漉的拖把
在行李之间来回抽动
午夜亢奋
我正靠近故土
离他乡越来越远

走下火车,凌晨冷风里
到处是哆嗦

# 卖火柴

极长的神秘，通俗的小曲，冲淡的焦虑
一个人在自设的幽暗中怒放
给光照，便转折为童话。大量美酒
浇灌、淹没。火柴划亮了内脏
洪水穿胸，剩余的骨骼也不只是零件

# 小水缸

不知何时起不问年月
它就蹲在屋檐下
偶尔听雨，偶尔发呆
“脚步匆忙，日子散淡”

母亲把一小袋土豆放进去
可它，缺乏胃动力
隔几日，我去看一次
取走几颗，仍旧饱胀
后来，它终于腹中空空了
“还是一副臭皮囊”

我一使劲，把它丢到
堆放杂物的小屋
它发出低低的“空”响
有些沉闷，那大概是它
最后一次对我说话

# 一本诗集的页码问题

和往常一样
疲倦躺入一本诗集
慵懒地翻身
从一八二到一八四页
粘了一身铅字
痛得血泪俱下
就像页码暗示的那样
要不,爱
要不,生
要不,死

这夹在中间的老鼠
挣扎着
让人急欲投掷一杆标枪
穿破红尘
这样,我就得到
一根烤串
肉香扑鼻
但我要如何

残忍地撕咬
这哀号不断的人生？

终于一个人爱过了
也活够了
一八四，是的
他便死了
后面是一八五
“要不，我？”
我一阵惊悸
诗集从一次瞌睡中掉出来
为什么，“我”
会站在死亡身后？

# 地　图

每到一个陌生之处
我都会在某个锯齿上
割伤自己，割开泥海和沙田
过去和现在
一条鲜艳的鸿沟终于
让我不再是我
陈旧的部分
保持陈旧，倒下
变成小块陆地
每天接受海浪的冲洗
越发锋利
新鲜的部分将会永远新鲜
并通过凝视
压制出死亡的形状
可我已经在不断地死去
不断地扭曲身体
扭出锯齿纹
等到我比那线条更为窄小
才感到虚空即是疑问

“哦,地图,你可否显示
此刻我正站在哪里?”

# 偏　移

从通风口可以看见窄小的天空
阴郁。它也正望着我
目光比浴室更加宽阔,让人无从遮掩

水管穿过墙壁,顺着血脉
流动的声音混乱而虚弱,夹杂着我——
一次偶尔散落的谣言

热气飘向外面,我静默不语
大概已经把躯壳遗落在海边
等待咸湿入侵后苏醒,仿佛守身如玉

# 人像四首

## 人像·赵

三十年工夫
看着泡桐又顶了一下日头
日头滑向西
看着两手灰土
灰土坠向地

当年若种了槐树
如今,就是落槐花了
老赵坐下,他感到
槐花也正坐下,日头坐下
还有灰土也纷纷坐下

## 人像·钱

钱老太倚着石碾子
百无聊赖

她在等日落
等红灯笼亮起来
把晦暗的晚年照得红通通
女儿就会在村口出现

她慢慢从夜色中走来
像正从自己的肚里生下来

## 人像·孙

宽边的草帽上面
是更宽的树荫
更宽的树荫上面
是无边的知了声
老孙头端坐在最下面
远看,只是窄小的一竖
插在树下不动
教书的先生便说:
不动,便如山了

## 人像·李

拄一根拐杖
李奶奶把拱门忘在身后
她顺便也忘了
中午的鲫鱼,是大门不出的
还在院里游逛

忘了荷池的莲蓬
正朝天吹着出嫁的唢呐
李奶奶只想着
再走几步吧,几步外
就是活生生的来年了

# 七　印

——访吴昌硕故居感怀

## 一、苦　铁

进门，进厅堂，熙熙攘攘的
一群游鱼，在水墨氤氲的午后
东穿西逛；唯有你不动如山

不，你已顺着纹理
进了山林深处，进了朴拙深处
你甚至，不曾抬头看一眼

小轩窗漏下浅薄的光阴
照亮脚下一小方地砖
照亮一小截割伤的手指，而

一行边款已经刻完：
“归来三径松菊秋……”
一世苦铁，便在尘垢之外安然

## 二、明月前身

年十七，章氏入门，长毛入门
年十七，奔逃、惊悸与饥荒
年十七，未知战火何时熄

待到秋风吹，桂花飘零，羸弱裸露
墙根裸露，小脚的妻子
无处逃遁，一把小骨头裸露

四十一，章氏入梦，“飘忽任雨雾”
六十六，章氏入梦，明月照前身
五十年，圆润的石鼓文，胀满了眼泪

层层叠叠的眼泪啊
多少年，多少少年还在苍老的梦境里
多少年，一个老朽滞留不歇的雨山前

## 三、酸寒尉印

吴俊卿，从九品，不过一只
饥饿的蚂蚁，跑遍状元桥上的缝隙
任伯年笑着，活捉一枚酸寒尉

可读书人不求仕进，又该求什么
你正想着，细雨软软地下来
桥上青苔开始滋长，覆盖一串旧年月

但，还是做一做安东令吧
养家糊口，也好找一找米芾旧迹
只是荒僻的小县，只有不尽的腐坏

世事的缺憾，在一个月里
就呈现饱满的本相，“辞官见道心”
归来，画一枝梅花，泠泠，满纸古艳

## 四、虚　素

绾个小髻，青灰道袍，进十里洋场
声色犬马之地，正需要
金石定心，需要石鼓宁神

更需要一幅墨兰，清减喧嚣之气
你便在门口贴副对联——
“南华秋水，北苑春山”，得幽深

和光同尘，声名已然鹊起
建书画善会，多卖几幅
朴野的字画，多救几个不知归处的

流民。哦，风雨飘摇的家国
千疮百孔的家国，太多悲悯，要在
怎样的虚静中安置？

## 五、园菜果蓏助米粮

1844 年,你诞生于这晦暗的老屋
灶上正烧着热水,啼哭声
隐匿在这满屋子翻滚的水雾中

水雾中,一棵白菜,在挂起的
竹篮里,像钟摆摇晃,几十年后
又把自己的精魂,留在三尺宣纸上

兵祸来袭时,要吃一棵白菜
难。为生计南北奔波时
要吃一棵白菜,也难。老来稍定

又见多少流民,要吃一棵白菜
多少难。梅兰竹菊,在心间摇曳
而这一棵白菜,要在笔端新鲜泛光

## 六、破　荷

章氏亡故,父亲亡故,一家九人
仅剩你独自飘荡,昏黄的天地
长云暗了印泥的红,暗了血色的红

停了流徙的脚步,十六岁的长子
又为惶惶世事添写哀哭的注脚
这不断剥落的石鼓文啊

光阴也已剥蚀，残缺刀法
砍斫出完整的历史，饱满的情感
多少人生已被风蚀水蚀

而面目奇崛，而气势凌厉
而筋骨苍劲。你不问这形迹种种
你已与古为徒，万世莽莽苍苍

## 七、老　缶

你写下“道在瓦甓”，金俯将
回赠以古缶，斑驳的历史
无从掩盖肃穆。世人齐声喊“缶翁”

你听不见，刻一印“大聋”
后人替你听见。你命名一室“缶庐”
我便站定在你这院子里

甬道两侧，分立两口大缸
我轻轻敲击它们
叮当之音，穿过铮铮响的春秋战国

引来秦声共鸣。你说
“自我作古空群雄”，你正站在
我面前，一击清越，回响不绝

## 第二辑

# 一种被毁弃的悖谬

# 锦　瑟

起风,一生过去
藤草衰萎
琴弦上,错落蝴蝶样的斑痕
它们经不起呼吸而跌落

屋子空了起来
手心白暖,像玉
咳出点血
在上面烫了一下,吱吱
焦黑,一个小窟窿

只剩自己,在洞外作结

# 生　铁

别给我玫瑰
给我，你落水的肉体
给我年轻透亮的刺
扎你干枯的魂灵
扎出谁的眼泪

给我，绝望一次的机会

# 陀 螺

高大从来都源自站立
源自全人类都不需要的
意外的眩晕
可以裹挟一阵旋风
原地呼啸
仿佛坐上高射炮手的转椅
完成漫无目的的扫射

天空忽闪着,起了火光
最终,让死伤的他人
成了古老的烈士
而自我,一个驴打滚
你就卷成了一个陀螺

## 天气：雨雪

一个小孩向我磕头
咚咚，像贫穷的柿子跌落
我给不出一冬的食粮
只好撞一下钟
远方山寺便响了
我的额头才滑落一整块积雪

一个老人向我磕头
我二十年的人生都跪下
像你手里一端开叉的竹竿
你是不是念了咒语
瞧这大地
满目是丰沛的雨水

# 迷　宫

当人们一一站定
把他们之间的缝隙
留给我
我只能匆匆越过某个人的头顶
仿佛翻墙而去
躲开一次落荒的逃离

# 城　堡

他已经死了
死亡是一种境遇
就像我进了城堡,而
不见日光

死去的人
都会寻找回去的路
或许我
此刻也在寻找中

他不是 K
K 不是我
我也不是他
我们只是偶尔看一眼彼此

不知道是谁
总觉得某一方
有隐隐的耀眼
胜过决绝的阴沉

最后是谁说
卡夫卡死了
于是大家
便徘徊着不敢出门

仿佛一开始
就很清楚回去的路线

# 图书馆

矩形水池里
有白色的小鱼,偷偷
搅动池底的泥沙

所有人都趁机涌入
挤占那一个个
狭小且固定的座位

等尘埃落定
他们又一个个离去
让整个夜晚都空荡荡

# 素白的手帕

“扑啦”，飞出阳台
反射日光的银
翅膀在背后舒展
空气分出开阔的道路
楼群静默、肃立、等候

他轻盈如远处
幽蓝的薄雾，并不呼啸
却又像一阵落地的风
逼近所有尘世的脸庞

# 幻日书

冻雨。身影,隐在墨渍里。
是一竖,略窄。刺出塔松的暗暗沉寂。
翻一页书,呼出的热气变成冻云。
云外,围困了更多空旷,失了墨绿。

# 冻　雨

这些失了翅膀的飞蚁
向地面聚集过来

面包蜡黄、受潮、枯萎
让人每一口都像在自食其脸

咳嗽……咳嗽……
咳嗽……咳一个死结

皱纹即谜团，迟钝、重重
罪孽深重，不记录恶行

无人再更改稻田的边界
无人再就地掘坟
一粒雨和下一粒雨的间隔
柔弱拥挤，和水洼一样

# 自我介绍

我来找工作的，请别停在
简历低矮的二维世界里
看，我有点高，但不会顶破房子
我不是明星，而且
你的闪光灯照不亮我的影子

我有爸爸、妈妈
还有爷爷，构成三角架
至于家乡，我不记得把它
种在哪个墙角，它大概
也很难开花。是的我有点怪

我不着急结婚，甚至
还没有女朋友
爱情总在不该来的时候
滚来滚去，满身泥水
你别笑我好吗？我很认真的

我不喜欢背古文

我标的平仄入木太深
已经折断了古人的诗句
我的六十分不算刺眼
我有好多“优”,都不是男优

我也不想赚太多钱,不想太累
我不知道自己是不是上进
上进的人都会记国别史
我没啥要求,但请给个
编年的本子,给个睡觉的地方

# 狱　里

——和汤养宗《摸不到的部位》

他贴在粗糙的墙面，皮肤
开始凹凸，像河床在情欲干涸之后
只剩四伏的鼾声

他移动很慢，但
与神佛厮杀只在电光火石间
小命不过一条弧线

直挺挺，类同于老、病、死
他已经跑不快了
一声长叹蜡黄蜡黄的

像肮脏的秋霜封住了步伐
他来不及掏个壁橱成佛
甚至来不及匍匐成能断尾的壁虎

他只能一动不动，仿佛从未出生

# 距离结束还有十二分钟

此刻，时光苍凉
轰鸣声在胸膛穿梭着
把谁，演绎成
下葬的姿态。黄沙扑面

我是在多少栋建筑的顶层
俯望。所有遥不可及
都在退化，变成缓慢本身
最终凝固成阴暗

人只能附身在楼宇内
而无法像折翼的鸟
凌驾其上。无法化为风声
在无遮无挡的楼层中间

穿过某个已被静穆命名的胸膛

# 静　词

浓黑的小曲，被发现时
停了。曲子里的玉人
在落叶砸到时，止步

她的天空，有一排排
平平仄仄的疼痛啊
书页合上
满屋子来来回回的沉默

像饱满的笔墨
用思索的迟钝画出半圆
哦，是个山岛
它一直隐伏在人世里
竟从未有过行程

# 群　鸦

——题凡·高《乌鸦群飞的麦田》

他们飞过来吃稻子
长胖,像相扑选手
压着满地的火苗

然后,褪下羽毛
还土地以本色
满嘴含糊不清的疯话

他们赤裸着一身肉
盘旋起飞,转出星夜
连凡·高都不清楚:离世

会不会比黑暗来得更晚些

## 夏天的葬礼

气温升高，整个人
便明晃晃，像刀一样
看准日头移动
灌水、灌水、灌水
摇一摇胃
所有人都冒出水面，等着升天
我才切下一片忍耐
再不问世事会怎么变迁

# 石佛记

时钟定下若干点:昨日午时
今晚亥时、明晨卯时
地图把南门、北口、西街
都卷在我们院中
像已经过去的水陆法会
烟气缭绕,又上演一遍
年轻的小和尚们
笼罩其中,用木鱼定神
分身,瞧一瞧玄衣的居士们
正小心地穿过一群群游客

日正当空,慈云却关门了
弥勒在屋内照样笑
偶尔孤身的行人杵在门外
隐约要化身为石,令人心惊
而眼下,我们这儿
还要重复一场往生的仪式

供品、念珠、香烛
已经穿戴整齐，等着
老妇催促女儿上前三拜
好念一段抑扬顿挫经
虽然了无生趣
我们三个还是认真看了看

[注]石佛指乌镇石佛古寺的三尊石像，慈云即慈云禅寺。

# 追念英雄之母

那时候,我们帮她找出
一大把勋章,包在方格手帕里
红的黄的,尖的圆的
就像翻检爱迪生试制灯泡的材料
不知道该拿哪一样作为灯丝
点亮日落时分的天空
好让那晚霞,少一些凝重的血色

但到了夜晚
老太太说:“不要点灯吧,暗一点安静”
黑暗容许她寂寞片刻
可那泥土的灶台
就是在寂寞里塌了一角
没多大声响,却惊动了一屋的人
以致所有来访者
都不敢在安静里逗留太久

黑暗也曾包裹着她,保护了她
“小鬼子看见亮光就进来杀人呢”

老太太睁大了眼睛
告诉我们,仿佛每一个在场者
都是她身处前线的儿子
需要那一片迟到的夜色
来拯救一个过于大胆的少年

老太太又说:“后来啊
晚上眼睛一闭,炮弹就四处开花,明晃晃的”
这光景,正呼应了脑中的轰鸣
震耳欲聋,却无法掩盖
骨骼相碰,铮铮作响
那挺立的脊骨,即使化作尘土
也有持续至今的回声

于是,我们继续问她
墓地的样子,翻修的次数
汉白玉花岗岩,高多少长多少
就像细数她满头发黄的银丝
已分不清光阴的远近
她也搞不懂:自己为什么活那么久
是为了年复一年去上坟
还是为了日复一日的等死

老太太说:“将来我的坟
只要不积水,朝太阳就好”
可她儿子听不到
她终究要由一大群陌生人给她送终
当那些人一一转身离去

就空留满地荒芜

我们终于起身告辞
老太太一声“哦”,卷起的嘴唇
仿佛给自己提前画下了句点
就等着到现在,我们来总结她冗长的人生:
克夫克子,艰辛苦楚
就像讲述成功之母
每一段褪色的时光,都饱满得
胜过永不干涸的大海
一阵风吹过,我们还没听到涛声
她就用两行泪水,默认了一种失败

# 绝句十九题

## 1. 明月来相照

——王维《竹里馆》

萤光不照虚空
幽居不照墓碑

月光照了霜降，不照老人

## 2. 可怜九月初三夜

——白居易《暮江吟》

白昼、白夜；白山、白影
一段寂寂，一段杀伐

再加一段半生不死的正史

## 3. 一片孤城万仞山

——王之涣《凉州词》

用来年血迹，做一身嫁衣
吹弹，澄清积水。看

细长的天空，正浮过几片盛年

## 4. 蓬山此去无多路

——李商隐《无题》

而立，即立于锋刃
月亮立时瘦小，呼吸粗糙

狐妾的梦像露水，奔过干瘪的胸膛

## 5. 时时误拂弦

——李端《听筝》

情动处，有长剑出鞘
频频点破苍生

一群刍狗，有不顾不问的茫茫

## 6. 散步咏凉天

——韦应物《秋夜寄邱员外》

槐花萎缩，委身于细土
宜婚嫁、安葬、出火

总之不安于家，往生死各处奔走

## 7. 铅华不可弃

——权德舆《玉台体》

可弃的是弱冠，是春华
是贸贸然的生死相依

多少霜天雪地，尽是胭脂

## 8. 不问苍生问鬼神

——李商隐《贾生》

语惊处，皆是雷声
并不淡了春种秋收的小满

数数李生、贾生，满目不可收的王孙

## 9. 两三星火是瓜州

——张祜《题金陵渡》

动一动，七八百怨妇
再动一动，两三千哀愁

灭了星火，正好安置祖宗陈法的寂寞

## 10. 虫声新透绿窗纱

——刘方平《月夜》

拍下一滴血，仿佛多活了十四天
念佛，又不过一身沙石堆积

不问青绿的时候，偏有太多杀戮

## 11. 坐看云起时

——王维《终南别业》

后来，后来每个人都袅袅地
缠着山腰，有亿万富贵无处炫耀

只好等一场大雨，把自己打到落花流水

## 12. 江春入旧年

——王湾《次北固山下》

我遇见你,而你遇见孤独
我遇见风,而你遇见爱

我不曾是流水,你也未曾浮过波心

## 13. 余响入霜钟

——李白《听蜀僧濬弹琴》

齐步、口号、冲锋,击打着
谁的架子鼓? 无数蹦跶是喷发的火山

等日历撕过,犁了荒田,种一亩春天

## 14. 云生结海楼

——李白《渡荆门送别》

如果眼泪太重,就会留下弹坑
如果身体太轻,就不能等眼泪来袭

临死的抽搐,倒可以对抗记忆

## 15. 偏惊物候新

——杜审言《和晋陵陆丞早春游望》

我坐下来,远处一头雪豹
踏着缓慢的摇滚,像不可阻止的巨石

滚落。来不及泼墨画桃花

## 16. 短棹拨残星

——王猷定《螺川早发》

你陷于镜子深处,于往日深处
照见赞美就是照见信仰

其后才以思考的痛苦构建归心,不谈归家

## 17. 未妨惆怅是清狂

——李商隐《无题》

上帝有光,而我有孤独
这是对世界的最大善意。可星星

还是落下来,不断地扎破一副旧皮囊

## 18. 强移栖息一枝安

——杜甫《宿府》

不是每条河都能摆渡，或者
哪怕只是拥有小船。但河流自以为

能渡人，这才让我认识河流本身

## 19. 朱雀桥边野草花

——刘禹锡《乌衣巷》

劳苦之后，日落西山
星空与星空之间，布满睡意
没人期待梦境的到来
母夜叉吹落衰老而少眠的花朵

# 第三辑

# 含苞欲裂的火焰

## 致 L(之二)

晃荡着走上楼梯,望天
烟雾一样的云朵
不断地长途奔袭
这一刻,有多少家国覆灭

而我炽热的小房子
被紧紧地裹在清冷的夜里
皱巴巴,就要炸裂
这是我的杰作
苟活的人,只有自灭的运命

可我即使被撕碎
也还要请求你
哪怕出于哀怜而拥抱我
听这个落魄的人,唱一曲懦弱

# 致 L(之七)

I know where the summer goes

——Ryan McGinley

快跑吧,不过四百米,快跑
烟微蓝,稍稍定格世界两秒
我已决定,赐你两年
去逃离吧,那成片半人高的野草
会成为障碍,背影疏疏落落
不过二十年的间隔,像是你赐予我
像是我飞快地奔向破碎

而此刻,趁着躯壳完整,沉回海底
天空被深蓝的海水遮蔽
而谁又赋予这该死的避水咒
海水无法裹紧内心,人怎能如大海空阔
你只告诉我,夏日远去
噢! 别欺骗谁! 这虚无的海底

声音穿破更快。夏日，早已远逝

[注] Ryan McGinley，纽约视觉艺术家，引文为其一个摄影系列的标题。

# 吹口哨的人

二月的口哨，由辽远
而亲昵，由含糊而羞涩
在掩伏的屋檐下
大约可以听取深深浅浅
不同层次的静默

我询问你
抑或询问自己的来历
当这个冬天变得不由选择
所有声音都如
沉闷低垂的植物
根须抓裂包裹着的
大团的暗雪
再也没有刺伤天空的尖利

你是否在用哨音，影射
一场未知的雪意
你是否确信没有哪两种抑郁
可以装进同一个袋子

闷死。不需要疑问
尽管怀疑总是难以解答

等那扁平的鞋跟
轻轻踩伤地板
枝头的积雪,如鸟雀猝死
跌落,又像洒下些
未及干燥的盐

苦涩的二月于是远去
谁知道后面是怎样的音符
以高亢的撞击
来对抗突如其来的夏季

# 咳　嗽

风寒总是选择忙碌的节奏
撼动我坚决的心意
让妄揣的热症略高于你的温度

咳嗽,一股股喷射的白气
在四下里冲撞,终将把整个下午
打成马蜂窝,处处漏风

日晕驾临,这令人难堪的同情
像无法拒绝的梦境,黏附于
永远青涩的意义

咳嗽,一条跳腾的鲫鱼
并不问哪里不是砧板
它只为痛苦而粗鲁地舞蹈不止

咳嗽,我亲爱的野马
这张坚硬的单人床
并不生长丰茂鲜绿的野草

甚至这冷风也吹不起太多
洁白的沙。心脏萎缩如干瘪的核桃
也没法再生产一个荒漠

咳嗽,我还能咳出些什么来
一副肝胆落地,也不见你
拨开寒风,来与我相照

# 让我们去云南建一个宋朝

任由冷风包裹车厢里狭小的
暖意，挤压到凝固
他开始昏昏欲睡
徽宗便蘸了窗外焦黑的冬夜
写勾魂夺魄的情欲史

我在此刻宁愿回到
沉默之蓝大块剥落的东海之滨
以避开这半冬半春的尘土
半梦半醒，半腐半生
你怎会预料若干年后的半山半月
有多少水浸的残破与伤愁

等小石林刺出草丛
天白风清，他藏不住旧爱
才四下里逃走，用一脸褶子
把婉约派统统收入折扇
再打开，我不过呛一声灰头土脸
而你已经远了

像鱼化石，有摆尾而去的
姿势，有酥脆的肋骨
嵌在我单薄的档案里
我写不下十年茫茫的生死
路人已过，他却折返回来
要上这锈迹斑斑的匣床，仿佛
赤壁传来偏远的憔悴

宋史已毕。诗画不成
皑皑的雪落满下山的缆车
我来不及说且行且问
一段忘怀的长短
你已经舍弃了告别的言辞
一心追逐两怨的浮生

# 对怀念落井下石

你爱古旧的城墙,爱它的剥落
像被烟头烫响的皮肤
哪里残缺,哪里就长出野草
可问题是:怎样才能把春天消灭?

你爱从发梢抖落的沉默
爱黄昏胜过一只苹果
爱深秋的结尾,爱我像爱一个新鲜的树桩
可你告诉我:怎样才能把春天消灭?

你爱排队的雨点,爱呼吸
爱所有青涩的药片
尽管它们把枝条简化为手
可必须弄清:怎样才能把春天消灭?

你甚至爱旧照片
爱老麻雀,爱冒出石头的井
像一个中毒的烛台,令夜晚动荡不安
可你不知,到底怎样消灭一个春天

# 现代处女一种

像一块荒地
她保留自我的隐秘
或者,独自生活
在孤寂里
满足于挣扎

她的爱情
被收藏于发光的瓶子
或者扔向大海
或者砸碎在礁石上
做一条拍打尾巴的小鱼

她不说爱,她
只用那些瓶子的碎片
换取零钱
打电话给我
她说,她很快
就要嫁人了

# 断　片

蝉声急噪起来
鸟雀安静。静观其变
我隐藏三种语言,谈情说爱
色彩斑斓的少女
小腿反光,跳一支舞
紫金项圈转成旋涡
像一场政变,我
就要下台了,一不留神
结个酸枣在茂密的枝叶间

# 二　月

一个无望的开始
在辩解中、欲念中，被拖着前行

漆黑而纠缠的冷风里
是时间，还是我，在躲闪

尤其，当你从我的身体深处
远走高飞，不顾整片盐场

那些恶意精准地命中异类
衰老。二月和二十岁一样皱缩

如一枚酸果核。很多人
甚至在春节里止步，倒头就死

让所有欢乐都惊诧于
无从施救的自我，而枯萎

成一朵朵纸花，仍然五颜六色地
装点早春远远未及的门面

# 爱的预感

在黑暗里躺下
世界躺下
遥远模糊的你也躺下
裹紧被子
裹紧躯壳和一整个冬天
以及那把你留下的

水果刀,小段小段地
解剖幻想,摘除
肿大的哀怨
失血过多的时候
吸入夜,呼出白云
一个重症患者飘在天边

# 天使般的屋宇

博尔赫斯写下这个异常蹩脚的
比喻之后,应该会环视房间
研究光照、通风和室温
像一名风水先生,手指间捏着
三万里光阴,和上个月的水电费
哦,枯坐一下午之后
他已经不需要任何抚慰
不需要风沙叩问石头
那截磨旧了的坐垫,多像一段
早已粗鲁不堪的恋情

# 玫　瑰

你安静地坐在对面的黑暗里
保持十年不动、不笑、不言语
就像夹在书页里的玫瑰
我一直没翻到这一页,所以
也就看不到那发黄的痕迹
你读到这里或许会感叹岁月
让所有的生殖器都枯萎了
人已沧桑,那还谈什么爱情

## 第四辑

# 银光湿润，压住满地空旷

# 雨

催促着,墙壁斑驳处
长出陈年的棉絮
裹着若干年前,思过的人
有没有在巴山之夜
蠢蠢地,思念人

有没有纠缠的想法
揉碎了芭蕉
等到骨架松散的时候
就听棉絮互殴
一片青肿

这是晚春的浓妆
妖了少年,黄了青山

# 另一只老虎

它爬上窗台，观察天象
把白天一口吃掉
又把躁动吃掉，把我吃掉
夜晚便干瘪起来

水管干渴的吞咽声
青蛙不眠的求爱声
肠胃照例蠕动的麻木声
把老虎挤到一角

调匀呼吸，它让自己
隐身在安静里
仿佛变成了安静的一部分
于是，不再有声音发现
并呼应它

# 老房子

古木掩映的老房子
青砖灰瓦，
斑驳的绿漆锁了木栅栏
偶尔灯光昏沉沉
照亮的地方
可以罩住安静

从高处看
房子四周堆叠着太多
干燥的落叶
用隐藏的腐烂
排斥绝世的轻功

我来不及金盆洗手
只好躲过光影交替
仿佛一切,都在仿佛中

[注]老房子位于原西南师范大学教工食堂前的山坳里。

# 粉蝶的睡眠

停在墙壁上，丑陋
已经超越死亡
它询问人群的去处
是否一堆远远凝结的雨水
而它已不能绽开
但还能剥落出一颗果子
坠下，击穿我目光的镜面

我几乎不敢多看一眼
那粉白紧缚的编织袋口
一生的肮脏
怎能留给尘土
粪土如黄金，它很清楚
它比事实更坦率，而
近于一个谎言

而得以往来于梦境
得以符合墙壁的
颜色，获取葬身之地

可此刻，它抖抖身子
飞于一身尘埃之上
它向日光灯扑去
仿佛尽是逍遥在挣扎

# 雨　云

看,黑夜露了蜡黄的脸
快逃！或者称之为“逃逸”
“逸”跟在“逃”字身后
沉重得脖颈臃肿、呼吸困难

而心跳,还悬在高处
战栗！像树顶的叶子
慌乱地反射着天光
那潜伏的刺客到底在哪儿

高飞或坠地并无区别
就像石头的根须
本就坚硬得近似沉默
不用磨出刃口,也能置人死地

# 折断的枝丫

那头鹿是从第三个分叉点
长出来的,又瘦又小
就那么孤零零地悬在半空中
我问它,虚蹈的姿态
要怎样让人相信
是立于泥土之上的
它侧过眼睛
鼻息隐隐变粗,而充满涩苦
它并不反问我
执念有多少种妥协。我立时
忍不住在初冬里开花
隐约躲过一次虫灾
却避不了绽裂的寒意

鹿不再用脚尖
拨开漂浮的尘灰,它问我:
“你可有无法挣脱的手
“在岩石间溅出鲜血?
“你可有淹没回忆的洪水

“淹过你干涩的眼眶?”
我泪水下来
已经无法滋润枯裂的枝干
春衫已尽,你便远远
画了备用的叶子
不再准备回来
那早早注定的一扭头,“咔嚓”
便裸露了我未来柔软的秘密

# 台　风

水墨弥漫开，是一些哭泣
哭多少死亡还浮在天空
还需要修筑多少心灵的坟墓
能让活着的人们提前进去

# 和杜子美《春夜喜雨》

三月,小阳春开出了几瓣
又有几瓣刺破了夜色

银光湿润,天空饱满欲坠
叶子都不敢呼吸

只有牡鹿悄然踏过,一轮光晕
照见:万物清癯

# 秋　水

每一个来到海边散步的人
都可以给自己的身体灌注海水
比如，到乳头的位置
奔跑时，波浪在体内汹涌
恰好能袭击到大脑
“哗啦——哗啦”
无数次咸涩的撩拨
让悲伤的过往变得热辣
眼泪失效，然后
才能以冷冷的一瞥，封冻自己

# 一条秋刀鱼

已经死了
直挺挺躺在砧板上
像搁浅的潜艇
无从顾忌裸露的危险

我切下它的头
血液四溅
哀号着："陌生人
你为何否定生命？"

一条秋刀鱼
死后坚持直视
不，是目不转睛地
盯着荒谬的火

"喂，你看够了吗？"
"你会否定'够'。"
"那我就把你整个
"丢进垃圾桶。"

# 落雪不寒融雪冷

人都缩回佛龛里,饱食供品
长长的叹息,随香烟袅袅
哦,这阴冷的融雪之年
可有暗夜之兽,前来献祭

# 写给雨季的歌

沉闷的雨季
让人长出厚厚的苔藓
刚一睡着
就是路边佛了
额头坚硬,像一个苛求
和过往不同
和现实不符
佛便跪下来流泪
双手合起静噪
助长一季阴郁

佛不看,也看不清
这穿心的箭雨
是多少没有音符的五线谱
扎入泥土
扎入皮肉
可否扎一串动听的蚂蚱
高音低音,全都哑掉

从而,成就一个
再也没有呐喊的人间

# 蜘　蛛

编一个二维的空间
又把时间调慢
一次琴弦震动足以
打发一次生死大限

瞥了一眼人间
还是少了些轻侮和傲慢
我只能叹了口气
又往逼仄处退了退

# 沙　漠

穿过马路,影子
从身后移到眼前
缩小,像两颗豆子
不,是两粒黄沙
这时有出租车缓缓开过
司机破口大骂
我们目送他驶出很远,很远
才慢慢倒下
陷入一大片黄沙里面

# 霜　降

天地不仁

——《道德经》

跑！快跑！秋霜在凝结
秋霜在藏匿那裸露的
一眼血红
你一旦忽略，便无处可逃

是的快跑！要一路狂奔
没时间哀哭
眼泪掉下，也会瞬间成霜
暴露你的行踪

看！前面那对夫妇
洗衣的夫妇，谈笑亲昵
定然是伪装，去
去掐断，掐断那两根咽喉

就像掐断两枝桂花
香消玉殒
让他们回归陌生，你才是陌生人
他们彼此安静，你才有安静

快离开！秋霜降临了
那一层又一层的白，转瞬
就藏起了你逃离的脚印
狂奔的你怎会想到，你的逃离

正是这阴沉霜天所要的结局

# 大面包鱼

大面包鱼，抖动屁股
卷起一朵小水花
像咖啡杯里旋转的泡沫
卷起许多苦涩的日子
把嘴角一点口水卷起来
把面孔也顺势卷起来
放到午夜的镜子前
照照昼夜变幻隐藏的妖怪
花、鸟和虫子
样子花哨而平庸
再把胃卷起来
把肠子和苦胆也卷起来
把前列腺炎卷起来
各种器官只剩滚圆的形态
最后把青春痘卷起来
把整个身体卷起来
把被子也卷起来
浮到水面，开始上班

再努力卷一些小水花
像一条大面包鱼那样可爱

# 雁荡山(组诗)

## 1. 喝水的群山

这个深秋的苍黄里
大雁们聚拢来
对这干燥的气候
表示了三分忧心
它们把群山赶到海上喝水
大口地喝水
群山低着头,像一群
感叹人生苦长
又遗憾时光太淡的青年
喝——喝
一夜贪欢
清早的霜白中
不曾休止的它们
终于泪流满面
雁群惊起
在天空盘旋着

又对这突如其来的丰水期
惊呼许久

## 2. 山　中

游客渐渐多起来
年轻的师父
站在寺庙西南角
站稳了满院子的肃穆
数念珠:三五成群、四六对仗
只是那道小龙湫
不太安分,一心二用
有太多旁逸的心绪
冲淡了这烟熏火燎的秋天

## 3. 灵峰访石

大约是这细雨
把灵峰锁在深秋的冷艳里
天色未晚
山石已抗拒来访
各自兀立着
桀骜不驯地看着往来的人群
有多少未亡人
已是独行的断肠客

暮色渐至
山石都躲进没有面目的阴影中

寂寂无聊
自顾自听听水声
缓缓流一段横行的纹理
打一个哈欠
就结一个中空的石泡
任由山雨,敲出木鱼的回响

### 4. 归去来

飞射的激流
循着晚课的木鱼声
消隐在空气里

石缝间
老师父点了一支蜡烛
把满洞佛像照亮

我们踏着夜色
像踏着青雾
穿过静静滴水的崖壁

### 5. 夜　游

寒潭澄碧和草木呼应
枝枝蔓蔓也都
清清静静地肃立起来
缄默中
文人们转过一排佛塔

“当——当”
钟声散出涟漪
天空就开始泼墨
树影漆漆，山影沉沉
深邃处，是男男女女
痴怨的凝结
浅薄时，任凭留白
留出水色、玉肌
和空洞洞的无常
借大和尚们一段晚课
也足以随大雁，云游四方

# 附　录

# 陌生人并不理解死亡

朱夏楠（浙江诗人）

“陌生人并不理解死亡”是啊呜诗集《反复播放的夏天》第一辑的标题。之所以将它放在第一辑，我想是因为“死亡意识”起到了统领整个诗集的作用，其后两辑中的诗歌，其实也可以纳入其中。

谁是陌生人？海子说，陌生人，我也为你祝福。我只愿面朝大海，春暖花开。陌生人是与诗人对立的存在。自我之外的，都是陌生人。而在这个诗集中，所有人，包括诗人自己，在死亡面前也许都是陌生人——诗人只是在努力地诠释、理解死亡。对自我的否定，是对死亡的谦卑，也才能更加靠近生命的真相。

在死亡面前，诗人怀着一颗悲悯之心。他由“丧我”而“齐物”，对众生，包括自己，都等而视之。他探讨着价值对于生命点缀的意义，譬如在《鱼》[①]中，“我”所认为的“龌龊”与“清爽干净”，其实只是强加于“鱼”的价值观，所以鱼感到“不可思议”，诗人作为第三者记录着它们的互动。诗人热爱生命，但是更珍视生命的尊严。在《需要理解》中，诗人起笔基调温暖，无论多么卑微的生命体都有其价值，需要被肯定。但转而，便冷峻道：“但不管怎样，都别把命/隔水，蒸出肉香。”诗人大声疾呼，生命不该被物化，不该被践踏，不该用以交易，不该成为冷血馒头。

对生命持通达的态度，强调生命的尊严。我想这便是诗人的温柔与坚持。

---

① 本部分所提到的诗歌均出自《反复播放的夏天》，中国文史出版社2015年版。

# 从现实的“淤泥里绽出尖尖的白莲”

## ——啊呜诗歌印象

王幼海(浙江诗人)

与我对写作的理解类似,啊呜曾以这样的标题——“以写作撑起现实的墙”写过他的创作谈。是的,写作的确能在某种时刻与境况下对抗生活与现实,以至找到一种平衡,让生命建起一堵墙,并达到一种活着的纯粹感。有大量诗作能够佐证他的说法,比如《身体是没有反抗的敌人》《楼梯》《在我躺着的床背后》《一生》《我只是需要一块裹尸布》《灰色》《于是》《睡梦录》等等,这些诗仿佛是同一个人站在两个世界中的对话与辨析,永远在矛盾中、纠缠中,但始终有一个人是清醒的,墙后的那个人远强于现实中的那个。纳塔莉·戈德堡认为:“作家有两条命”,“写作意味着最终你得全面探讨自己的生命”。(纳塔莉·戈德堡《再活一次——用写作来调心》,韩良忆译)就是这两条命,这种探讨,让我们在纷繁的现实中活得释然与广袤。而我于此把以上啊呜的诗作理解为自身在现实中的一种抽离、抗争与探寻。也正是有了这两条命,让彼此交错、对话、焦灼,并且使之坦然地在曲折无常的命运中前行。

然而现实远要复杂得多,表现为我们所接受到的信息,感官上的体验,面对万千事物的思考、情绪,以及虚妄中的想象,等等,而诗歌能容下这种复杂性,啊呜诗中的道具也收纳了这种复杂性。他的诗歌题材较广,就如他自己所言“山水自然、生活琐事、日常器物、人文历史,以至于神魔鬼怪、未来时空，我都乐意纳入笔端”，用以表述眼中的世界及生命内在的多样化与隐秘感。他的诗歌语言不拖沓，单刀直入，节奏紧凑，并具有相当的锐性，在怪诞、奇特、天马行空的想象中，在多重意象的组合下，有着意想不到的审美性与空间感。比如《身体是没有反抗的敌人》一上来就说“它已经被俘虏/并将被处决，扫射，用冲锋枪/我便黑了脸，像一块/不规则的蜂窝煤”，如此直截了当，一开始就给读者以紧迫感，无任何铺垫，我们就身处其中。又如《悼念诗人》中，“出发，从春天出发/从愤怒出发，从女人出发//自杀，只能自杀/意外自杀，竟然自杀”，如此紧张地叠加，让诗的语言带有很强的冲击力。类似的还有《霜降》《我只是需要一块裹尸布》等等。而《登岱山岛磨心山》《隐修庵记事》《桃花岛访安期生》《晚宴结束》这些作品相对舒缓，但想象奇特，语言韧性十足，意境悠远和谐，有很强的个性特征。总体说来，啊呜的诗是以抒写内在生命的情感为核心，多数带有自我驳议、自我辩解、自我对峙的意味，以自己独特的才思与个性化的角度，冷冽而直面地道来，带着强烈的现代感。

我在另外一些诗中还发现，在他独特的叙述中，在诗的内核中有一种睿智与禅定的东西，就如他在《愧对一切死亡》中所说，“一个人一生，足够/画一朵金莲，留给后代/采一朵净水，沐浴，然后朝圣/开一朵火焰，焚烧肉身”。这样的心境与认识，在《六横漫行中》也可以看出来：“你匆匆游回来/不再寻思一条鱼的顾虑//山崖上，游人点起篝火/我们不约而同，吸了一些火焰//但沙滩正被堆得越来越厚/那么多远方的沙子//柔软得，就像这个清晨/你一无所知地在阴影处酣睡。”生命何尝不是这样，生活的冷寂也好，现实的火焰也好，被我们堆积的日常的尘埃、细沙，以及我们的远方，到最后都得柔软下来，视如无所知的黎明，在属于每一个个体的角落里酣睡，像什么都没有发生。这是时间带给诗人的特质，由此我想到阿根廷诗人博尔赫斯所说的“你的肉体只是时光，不停流逝的时光/你不过是每一个孤独的瞬息”（豪尔赫·路易斯·博尔赫斯《你不是别人》）。啊呜一定也有这样的感触。在诗中，从“你匆匆游回来”到“你一无所知地在阴影处酣睡”，这本身就是对生活、时间的一种禅意似的否定。又比如《晚宴结束》《桃花岛访安期生》《登岱山岛磨心山》，这些诗中啊呜有着更为冷静、成熟、意味深长的表达，语言在这里已变得相当从容，不再像先前一样用力，物我已保持了一种距离，并带有多重指向，犹如一个站在高处的僧人面对沧海，让语言的波浪兀自涌动着划过天际，呈现出内敛、平滑、冷静的状态。在这里已没有对抗，更多的是一种生命体验的融合与延伸。就像他在《我的墓志》中所说的“保持飞的姿态”，我想这一定不是一种奢望。也许啊呜已经做出了选择，或在诗写经验中他已经获得。再多的抗争与磨砺也仅仅是生命存在的一种必然过程，我们总得面对面坐下来，以平缓的心境面对苍生万物、世事牵绊、时光流转。诗歌也同样，它也必将伴随着内在生命体验的成长而趋向于隐忍、豁达，到达开阔的地带，最终让语言回归自身，在安静地滑翔中显现出更为深广的空间。

# 谈啊呜的诗

丁小波(浙江诗人)

啊呜的诗不属于任何一个流派,他写作的题材也从不局限。在他的诗集里,你会发现一个个“啊呜”出没在真与幻的文字里,有写山水自然的,有写日常琐事的,有写人文历史的,有写女巫鬼怪的。其笔名“啊呜”到底为何意,我想没有什么确切意思,就是一种可能性。而现代诗的可贵之处恰恰在于一种可能性的探索。探索性的诗人跟投机性的诗人不同,很难被归类,也很难入群。所以更多的时候是通过写诗,自己与自己对话。

啊呜在诗歌的对话中充满了玄想色彩的观照。他的诗歌在静谧中有燃烧,在克制中有爆破,正是在这样一对对矛盾中去构建诗意的平衡。这是啊呜诗歌的一大特征。这一特征在《静物:苹果》中有很好的体现,比如:漂动的洋流与无人承受的静穆,涌动的沙流与幻梦里的窒息,暗夜的凝固与露水的颤动。《身体是没有反抗的敌人》一诗,将这一特征表现得更加明显。或者说《身体是没有反抗的敌人》这首诗,本身阐释了他的这一写作特征。在他内在逻辑作用下,陌生化的意象组合与技巧处理,产生了一种后现代的解构效果。在这两首诗歌里,解构了人们习以为常的“苹果”与“身体”,在解构中形成一种再认知的过程。在我看来,啊呜的写作过程也是他对这个世界再认知的一个过程。

在现实世界里,啊呜低调内敛;在诗歌世界里,他是一个好奇的顽童。哪怕再琐碎的事物,他都要用自己的语言去亲自尝尝味道,以表达出独有的感知。除了日常琐碎的事物，他也不放过某些历史。比如，《坠机史》是对史书上正儿八经人类史的一次解构。他在这首诗歌中又调皮好奇了，非得去看看一个打扮花哨的"老女人"卸妆后的样子。当然，啊呜也有闲情逸致的时候，写写小诗怡情，说说梦话，陪女鬼聊天，亲吻女巫，将蛤蟆和玫瑰当作好友……在他的心灵世界里，世间种种物象的投射，变成一个个新奇的意象，光怪陆离，荒诞怪异。物自体，本不可知。但是，顽皮好奇的孩子总想扒下它的一层层外衣。在他重新认知这个世界的过程中，最初源于兴趣。到底会走向哪里，谁都不知道。这本身也是现代诗歌写作的乐趣。"路漫漫其修远兮，吾将上下而求索。"幸运的是，这条路充满了探索的乐趣，而且还有同行者。

在现实与诗意之间，作者试图打破一种固定的模式，又保持着一种克制。他试图保持一种克制，又燃烧起内心的火焰。他抗拒现存的一种形态，同时又处于现存的状态中。这种现实与诗意之间，从最初的纠缠到最后的平衡，或许是作者心灵的真实写照。他需要诗歌这一媒介来处理两个世界之间的平衡。比如在诗歌《片刻宁静是座坟》中，作者用了 4 个"谁"："大约在黑冷的森林，谁/悄悄挖土并挑着一路快跑，怕被赶上/谁说：缓慢的人将失去葬身之所/谁大口喘气、汗流浃背，周而复始""谁终于/埋掉了自己，没有弄醒大地"。在自我对话中梳理现实与诗意之间的矛盾与纠缠，"月亮沉落"预示在周而复始的挣扎过后，诗意世界的瓦解。"谁终于埋掉了自己"，埋掉的是不是诗意世界中的"那个我"，然后是自我宽慰"世界不过多出一颗丘疹"。最后，"雨季过后，便只剩清朗的宁静"，达到内心的释然与平衡。

这是身处现实的一种无可奈何，也恰恰是诗人的一种幸运，一种有能力从单调的现实进入诗意世界来平衡内心的幸运。

诗歌，在我们这个时代，它所能承担的只是最虚无的价值和最无用的理想。对于个体写作者来说，诗歌，只是抵抗似水年华与人生虚无的只言片语。

# 电子诗集《倒叙的夏》导言

张　虔(河南诗人)

啊呜的所有诗歌都出自同一种沉静而坚定的语气。仿佛一个潜入水底的诉说者寻找并编织那一束束微暗的透过回忆、体验和思考的意识光线；又像一位诚恳的乐者在巨大的乐器面前选择失声，宁愿用呼吸去感受内心韵律沉默的抖动。

在啊呜的诗歌里，语言有时候会走向自己无声的一部分，并不去费心地寻找惊人的表达方式，而是让作者独特的发现像静物一样自然而有力地显现自身。因此，啊呜的诗歌也许暗示着诗人应该追求的另一种方向，在向它延伸的道路上，诗人不会遭遇表达的焦虑，也不会和各式各样的语言技巧纠缠，仅仅依靠内心和事物之间独特的默契，就能完成在语言之上那有力并自由的滑行。

# 安静地做一个人的事
## ——诗人啊呜专访

胡晓莉(中国诗歌网浙江频道记者)

在我的家乡,大人在哄孩子吃东西或说起某个可怕的动物时,常用象声词“啊呜”,表示一口就吃下去了,带几分快意,又有几分威吓。所以最初在中国诗歌网浙江频道的《热门诗人》栏目看到这个笔名时,我顿生无限好奇:这会是一个怎样的诗人?不想6月14日晚,我和中国诗歌网浙江频道的吴志洪先生便一起见到了他:三十上下,个子瘦高,戴着眼镜,简单的灰色T恤,略显单薄,书卷气甚浓——完全不是想象中的标新立异。

第一个问题当然是他的笔名,究竟有着什么样的特殊含义,背后又有着怎样的故事?

“呵呵呵……”爽快的笑声完全消弭了初见面的紧张,“很多人会问我这个问题。‘啊呜’就是吞吃东西的一个象声词,因为最简单有趣,就用这个名字作为笔名了。完全没有意义。”啊呜说着,还摆了摆手,把“完全没有意义”几个字咬得重了些。“人生当中一些东西就是无意义的,而且作为诗人,本身已经负担了太多意义,用无意义的东西为自己命名,算是一种调和吧。用了十多年了,一直有朋友做各种猜测,但其实它没有意义。”

2005年《诗选刊》第七、第八两期连续发表了啊呜的作品,2007年还做了推介,一期就发了十几首诗,并配了照片和简介。这应该算是对一名年轻写作者的一个大大的肯定吧,可这对他好像并没有太多的触动。“就感觉写作就是那么一回事儿,你写了,然后发表了。没有更多的乐趣。文学上交流的圈子也比较狭窄,慢慢就淡了下来。加之生活、工作都进入一个稳定的状态,就觉得无欲无求了。”“后两年写得非常少,想到了提笔写两行,看得也少,就有放弃的想法。就像以前追潮流明星一样,明星退出歌坛,追星的行为也就跟着结束了。那时文学在我生活中已经不重要了,纯粹就是个普通爱好,没多少意义,不想它了就扔到一边。”写诗如追星,很新鲜的一个说法。(在我们的聊天中,这样新鲜的说法随处可见。)新鲜,应是啊呜诗生活中必不可少的一个部分。

在交流中发现,啊呜是一个率真随和的人。同时,我早就注意到,在他的诗歌创作里,完全没有焦虑感。一些诗友也对他提出过类似的问题,对此,啊呜似乎没有更多的解释。也许正如于坚所说:“世界永远焦虑,诗却是一种定力。”

而就在啊呜试图放弃诗歌写作时,先后得到了文学前辈阎受鹏和著名诗人王小妮的鼓励,因此重新找回了诗歌创作的激情。

2009年,阎受鹏读到他的作品后,主动打来电话:“要努力,千万不要放弃,要多储存一些作品,将来我们给你推介出去。”听到这些话,啊呜内心的感动自不必言。

2011年,王小妮在网上看到啊呜的作品,比较欣赏,给他留言,问能否拿去发表。啊呜不敢相信,“直到发出来之后才知道真的是王小妮老师!”第二年,王小妮老师又向他要稿。王小妮对一个陌生的年轻作者的关照,让啊呜连说了两个“很感动”。

有这样的文学指引人,啊呜的诗歌创作状态也由差不多不写、要断掉了,转到了努力向诗歌海洋的更深处漫游。2015年啊呜加入浙江省作协,并被列入“新荷计划”青年作家人才库,同年参加第三届“新荷作家训练营”。“这条路重新再走似乎很顺,也不再是从前没意思的感觉,越来越多的人,越来越多的朋友,让交流的面更宽、更深入,文学似乎很快地就将生命中所有重要的事物都容纳进去了,或者说似乎一切都可以通过文学来获得言说,获得交流的机会。这时候,文学的趣味就真的开始呈现出来了。”回顾自己的创作之路，啊呜有着许多的感慨和欣喜。诗歌创作是生活中一个很重要的部分，需要以认真的态度来对待，这是觉醒后的啊呜对诗歌创作的新态度，无意义的名字也由此对应到了合意义的事情。

在啊呜看来，现代新诗的传统在西方，学习写新诗，自然要学习西方的诗人。因为新诗的产生和中国古典文学是割裂的。之后虽然有人努力地想从古典文学中汲取营养，但都不太成功。比如闻一多，受了音韵的束缚之后，并没有取得很高的写作成就，后续也少有人做这样的努力。但古诗中关于语言的探究和运用很值得我们今人去研究。比如古人作品中语词和语词的组结，意象和意象的组结和今天诗歌中的"陌生化"很相似。有很多人说现代诗看不懂，其实古体诗，他也会看不懂，因为里面有很多语言上的技巧，包括意象组接的方式等等，这也是一个很值得思考的部分。这恐怕是我们继承中国古典诗词传统时要考虑的一个地方。

对啊呜影响较深的是两位西方诗人：一是索德格朗，二是博尔赫斯。

芬兰女诗人索德格朗是北欧现代主义诗歌的先驱，她的诗歌简洁、细腻、敏锐，在情感的表达上也更为直接而充沛。她对自由、爱情、死亡等母题的抒写，既充满浪漫主义的抒情色彩，又充分展现了生命的种种残酷与决绝。啊呜坦承 2005 年创作的诗歌，甚至之后的不少短诗，在写法、格调上都受到了索德格朗的影响。"比如《生命》，她一开头就写'我，自己的囚徒，这样说：/生命不是那穿戴轻柔的绿天鹅绒的春天，/或一个人很少得到的爱抚'，这样直接切入的方式带来的是一种排除了一切纠缠不清、搅扰纷繁的可能性的快捷与有力的感觉。我从她的这种方式里一下子就看到了那些层层叠叠费劲铺垫的开头所流露出来的，作者在技术上的不自信和在思维上的不清晰。所以自己写的时候，就会努力要求自己尽量做到开门见山、单刀直入。还是这首《生命》，到后半段，索德格朗这样写：'生命对于自己是个外人/对于每个外人是一副新的面具。/生命是一个人不在乎的幸福/推开那罕见的时刻，/生命是相信自己的软弱和缺乏勇气。'这种思维和情绪上的双重推进是让人感到震撼的，她不只是能够站到一个旁观者的角度来审视自己的存在，还能够同时表达自己获得旁观者的认知后内心又柔弱又坚韧的承受。她让我隐隐感觉到诗歌不能只是纯粹地进行抒情，还得有点别的什么。当然，那时候并没有想明白，抒情以外到底还要什么。”

2006年之后，啊呜更多关注博尔赫斯。这名阿根廷诗人会在诗歌中竭力追求不可能实现的事物，也会讽刺性地实现人类的梦想，探索理想主义哲学的各种含义，表达存在之混乱和无益，展现时间的周而复始，甚至也不回避理性的失败，等等。所以啊呜强调博尔赫斯的诗：“读起来不是很好懂，但又很有吸引力。他的意象的使用也好，诗歌的结构也好，内在的意蕴也好，总让人摸不透，总有一个神秘的东西在。哪怕是激情澎湃的作品，也有一个幽深的部分让你不由得冷静下来，安宁下来，去思索，去体味。比如《镜子》，他把镜子的映照看作是‘使世界繁殖，仿佛生殖的行为’，又说镜子像梦一样，‘让人心里明白，他自己不过是个反影，是个虚无。因此，才那么使人害怕’。博尔赫斯对镜中影像的思索不是一种理性的考量，而是充满玄想色彩的观照，甚至将现实的人与镜中的像进行了置换，从而从根本上质疑存在的可能性，他由此就把一种单纯的情绪上的恐惧放大为一种源于未知的思维上的恐惧。这种通过认知来强化抒情的方式，是很多诗人都不具备的能力，这让我非常喜欢。”啊呜由此认为，超出常人认知的诗性表达，正是现代诗在抒情以外所应拥有的东西，而且这样的诗歌或许更有不朽的可能。

谈到别人对自己诗歌的概括，啊呜说比较喜欢《西湖》编辑李璐的一个说法——“怪诞”。他的一类诗歌里总有些奇奇怪怪的、常人想不到的东西出现，读的时候会让人有新鲜感，不会让人觉得只有一个腔调。诸如《身体是没有反抗的敌人》《四月寒》等等，诗人卢辉对前一首作品如此评价：“诗人象征的思考，无非要将‘身体’从器质性中挣脱出来，将身体托付给科学所不能及的某种超现实。因此，在诗中，我们看到很多矛盾、对峙的双面，它们互相对立，又互相接近、互相沟通，最终形成了‘战争已经结束，它有权，掏空自己’的慨叹，这时‘身体’在诗中俨然获得符号的权限得以尽情释放！”这样超出世俗生存的认知追求，显然是在博尔赫斯影响下的结果了。

至于另一类“非怪诞”的作品，其实本身又是非常多样而难以概括的，而且其中相当一部分在不少人看来，恐怕也多有超出惯常审美的特征，比如他的《桃花岛访安期生》，既有些游仙诗的成分，又有些妖冶的风味，两者奇怪又和谐地统一在了一起，《十月》杂志的编辑宗永平先生读后直接给了“完美”两字的评价，我们也很难想象这样的作品出自一个朴素的书生之手。

对于啊呜的诗歌写作，诗人张虔曾有过相对较为完整且中肯的阐述：“在啊呜的诗歌里，语言有时候会走向自己无声的一部分，它并不去费心地寻找惊人的表达方式，而是让作者独特的发现像静物一样自然而然地显现自身。因此，啊呜的诗也许暗示着诗人应该追求的另一种方向，在向它延伸的道路上，诗人不会遭遇表达的焦虑，也不会和各式各样的语言技巧纠缠，仅仅依靠内心和事物之间独特的默契，就能完成在语言上那有力并自由的滑行。”

2015 年，啊呜接手《普陀文艺》诗歌栏目，并尝试改版，设《首推诗人》栏目。该栏目除了诗歌还要有诗评。当时第一期首推的是著名诗人黄亚洲，诗歌选好了，但没有评论，啊呜干脆自己动起了笔。他借用古人“气”的概念，来阐释黄亚洲诗歌中的凝聚力，得到了黄亚洲老师的认可，随后又两次受黄亚洲之邀写诗评并发表。再接下来就不断有人邀约，而这时，啊呜却开始“闭门谢客”，对于诗歌，对于评论，啊呜的态度始终是严谨的。

在到舟山之前，啊呜也写过大海，但那完全是电影镜头里的所见，广大、蔚蓝，暴风雨来得猛烈。刚到舟山之时，大海让他失望，那就是一个黄泥汤。而一次偶然的东极岛之行，完全颠覆了啊呜对大海的理解和认识。“由起初的蔚蓝到后来的变幻莫测。像蓝宝石，又比蓝宝石深邃；像蓝丝绸，又不只是光滑那样简单。大海的颜色是会变的，不只是蓝色，也可以是绿的；绿又分很多种，蓝也分很多种。随着时间的不同，一直在变化，蓝的和绿的有时还会交织在一起。远处和近处不一样，这一块和那一块也不一样。你永远不知道下一刻它会是什么样的。”

这样的大海让他开始重新审视这浩瀚的自然物：“面对大海，人的心思会平静下来，会想很多很多的东西。大海不再是单纯的自然物，某种程度上好像带有一点宗教的色彩，也许人本身天性中可能就有对自然崇拜的成分在。”

作为一个大海的旁观者，啊呜此后创作的有关大海的诗歌里，有了更多的思考和感悟。而舟山新诗创作最主要的特色就在于海洋诗歌。处在这个环境中,啊呜也很自然地把大海作为一个写作的重要对象。诸如《海边断片》《六横漫行》《静物:苹果》等很多作品中,大海都有其不可替代的位置。甚至不只是海,还有海边的一切事物。比如他说前段时间去了朱家尖的一个小岛,受地理环境的影响,岛上的植物和以前看到的完全不同。他特地去查了这些植物的名字、特征和习性,诸如黑松、石斑木、滨柃、唐松草等等,这些植物的名字最终都成了他作品中别致的意象。

舟山又是著名的佛教圣地。谈起佛教,佛教中的智慧,啊呜说,自己虽然不是佛教徒,但也在读佛经:"最早读的是《心经》,它有让人安静下来的力量,更让人对世事万象有澄澈的认知。特别是佛经中关于世相与空性的阐发,可以让人对生存欲求的认知有根本性的改变。"我想,这恐怕和他淡泊的生活态度,和他无焦虑的写作倾向都是相互应和的。而且啊呜也认为,这些观念已经开始在他的诗歌中产生某种力量。他最近写了一系列关于舟山的诗歌(《千岛诗章》),其中有相当一部分就是关于佛教,关于禅悟的,比如组诗《普陀山的侧面》等等。

喜欢看海、读经的啊呜,对当前新诗的写作状况有相当冷静的态度。

诗歌界颇为引人关注的是两种看法,一种认为当前是新诗最好的时代,另一种观点则对新诗并不看好。啊呜对这两种判断都不认同。在他看来,这些判断本身就显得过于喧闹。出版得多,写得多,发表得多,只是一种虚假的繁荣,并不代表看的人多,也不代表诗歌创作水平的高。同时,当下诗坛有一批低调认真、不求闻名、默默创作,又确实写得很好的诗人在,更有一些在诗坛相当有名了的,创作水平在某些方面也实现了对过去超越,却从不参与喧闹的诗人在。啊呜表示,自己也很抗拒这种喧闹的大环境,诗歌写作终究是一个人的事。

诗人啊呜身后的职业是教师。"白天把自己交给学校,晚上把自己交给诗歌",这份笃定和从容,让他找到了工作生活和诗歌的平衡,自由地在教学与诗歌间往来。愿他在这平衡与自由的独自前行中,创作出更多更优秀的作品来。

# 超级袖珍版悲剧

沈　方(浙江诗人)

除非背景耀眼,或烽火连三月,或黑云压城,且城欲摧,否则,一首诗常常在眼前默默飘远,尤其是不求语辞奇崛的诗,更不易引人注目。如此无事生非,不是存心找人抬杠,也不是打算强充解人,因为遗珠之憾实在属于常态,故以为惕惕之心不可无,杞人忧天未必不是善意。或许啊呜的一首短诗《致 L(之一)》可以作为佐证。

《致 L》是啊呜的一个组诗,共有十首,“一”就是第一首,放在整个组诗中看,背景基本可以坐实为恋爱,失落的爱,绝望的爱,如另有意蕴,也是隐微之言,各人各自体会,不必冒昧引伸。这样的恋爱诗,不新,也不旧,永远不新,永远不至于旧,原本无所谓新,无所谓旧。粗看,食之不甜,弃之可惜。慢慢品味,却有一点橄榄的意思。贴近耳朵细听,竟然听见远处传来海浪。听不出,无关紧要,听过了,也就听过了,各人喜好不同。

“一”这首诗,开头平淡无奇。“叶子翻卷一圈,在身后”,无非就地取材,往远说,也不过因情造境,借景生情。再往远说,景语情语,不免老生常谈。唯独“翻卷一圈”略显异样,又终究凭空而来,不宜硬解。“无数腼腆朝向前方/我始终不敢说话/目光匆匆吻过细软的发丝”,这三行描写,不说入木三分,也有两分、一分,一个腼腆怯懦的形象如在眼前。“不敢说话”的原因,只能揣度,但“不敢说话”表示沉默,应该不言而喻。

“便在天空,自画监牢”,真正掀起波澜的是这一行。绝望自天而降,几乎毫无准备，目光所及之处皆是“监牢”，连辽阔的天空也无自由，情感的执着直接转化为自我监禁，似乎义无反顾，似乎一意孤行。这首诗的第一小节到此结束。

诗的分节，通常有另起一行的意思，或并列，或转折，或递进，实在不得已，也有山穷水尽，择路而走的苦衷。第二小节第一行，“请判我死刑”，突然从沉默中跳出一个高音，如玻璃破碎，如晴天霹雳。这首诗的全部力量，仿佛都凝聚在这一行上。这个出其不意的高音，在诗中实现了两个不同层面的转折。其一是语义转折，其二是角度转换。前面是静态描写和陈述，此后是言辞激烈的独白。

从这一行开始，前面的腼腆怯懦迅速过渡到激昂慷慨，简直要破釜沉舟，背水一战。“我不过是个愚蠢的囚徒/站在叹息面前，无耻地/回忆那些并不遥远的瞬间”，接二连三的自责，滔滔不绝，因为“秋风簌簌，遍地都是我的仇恨”。最后一行长吁短叹，一场悲剧即将闭幕。这首诗多少有点戏剧化，好像希腊悲剧去棹歌队表演，改编为两场超级袖珍版悲剧，悲剧得让人反应不过来，演员出来谢幕了，尚不知怎么回事。

平心而论，这首诗最精彩之处，就是第二小节第一行，通读整个组诗，再无这一行的强烈效果。当然，这样的恋爱诗，不以为然也不是罪过，它从无可查考的背景中抽象出来，读者可感知或不可感知，皆是事实，但仔细体会这首诗的奥秘和得失，仍有不应忽视的价值。况且恋爱的普遍意义，可作为谅解恋爱诗不偏执于具体的理由，至于反映何人何时何地的恋爱，那就完全可以免谈了。

# 读《身体是没有反抗的敌人》

卢　辉(福建诗人、评论家)

在我看来,当都市正在逐步失去一切深层的精神生活印记之时,啊呜的《身体是没有反抗的敌人》的出现,多少让我感觉到他擅长在自己的内心,缝合身体与灵魂之间的距离。

作为无力反抗的“身体”,诗人将其作为“类”的存在,作为自然、俗世、灵府的等价物,作为表现自身的形式总和。在这个“身体”里,诗人象征的思考,无非要将“身体”从器质性中挣脱出来,将身体托付给科学所不能及的某种超现实。因此,在诗中,我们看到很多矛盾、对峙的双面,它们互相对立,又互相接近、互相沟通,最终形成了“战争已经结束,它有权,掏空自己”的慨叹,这时“身体”在诗中俨然获得符号的权限得到尽情释放!

# 读《身体是没有反抗的敌人》

向　晚（安徽诗人）

在心理学上，当我们观察有生命的动物时，最先打动我们的事情之一，就是它们有许许多多的习惯，特别是在人那里，这似乎在很大程度上是教育的结果。此外，在一个人试图对什么是习惯下定义的那一刻，他就被带到了物质的基本性质上来了。而自然法则只是不同基本种类的物质在起相互作用或反作用中所遵循的不变习惯，然而在有机界，习惯则更具有可变性。

在啊呜的这首《身体是没有反抗的敌人》里，我们不妨把它看成是一个习惯所产生的各种抵制效果，他把这种可变性更多地表现为一种被动性——“日光一道道穿过身体/在地上标记出魂魄”。这里的事物本是一个日照过程，但由于心理产生了负担，而又无能为力（我们暂不深究这种无能为力的被动性因何而起），因此这种习惯在他这里就产生了一种抵触效果——“这些圆形的圣徒们克制着/拒绝滚动”，首先这里的“拒绝”同上面的“俘虏”“穿过”及下面的“仍旧”“洗礼”“掏空”这些词语从心理学上到文本上，更多的是带了一种无力情绪，尤其是“拒绝”和“仍旧”的表现。我们知道，基本物质粒子的习惯本身是不会发生变化的（根据原子论哲学的原理），因为这些粒子自身是不可变化的东西，但物质混合物的习惯则可以发生变化，或者说，如果身体有足够的可塑性保持其完整性，并且就算结构发生了变化也不会瓦解掉，那么这些习惯就可以发生变化，如“每个圆孔的内侧/开始变得炽烈，燃烧起来/可我仍旧巍然站立着”。因此在这首诗中，倘若我们不能理解这是一个习惯所产生的后果，那么这首诗的意义和态度，我们便不得而知。再者，日光、身体、影子，这些都是外部的基本物质，也是该诗产生的刺激缘由，但重点就在于，当这些事物在他的心理产生了变异，那么由这些变异继而产生的认知，以及表现，自然都是根据变异而来的。至于最终后果和意图，我们不说太多，但有一点可以肯定的是，一定是他当时心境和情绪所致。否则这些习惯也不至于就发生了变化，以至于无能为力，被动地让它“掏空自己”。

# 《玫瑰》导读

穆晓禾(河北诗人)

无论走到哪里,身边总会携带几本书;无论如何搬家,不弃不离的是那几个书架。

有些书读过,便束之高阁;有些书,甚至还未来得及翻,便挤在一些熟悉或陌生的纸籍之间。有些书,是自己购买的;有些书,是朋友赠送的。有些书的扉页,留有文字和印章;有些书的那里,是长年的空白,不着一墨。

空荡的房间,挤满了各色的人种。有老人,有小孩;有男人,有女人;有黑人,有白人;有古人,有今人。只要想,便可与之交谈。多数时候,他们只是安静地坐在那里。

十年,甚至更久,会突然想起一个人,想起一本书来。一本曾经看过的书里,还夹着书签。那书签,许是一片叶子,许是一张卡片;许是一朵花瓣,许是一张面额极小的钱币;许是一滴眼泪,许是折叠的页码。

当有一天,突然翻到了那里。竟然发现,纸张已经发黄,被折叠的心事,被瞬间打开。总是在不经意间,开启回忆之路,沿着一片玫瑰的脉络回溯。

感叹岁月的沧桑时,感叹自我的年老。

发黄的不只是纸浆,不只是季节,不只是青春,也不只是那一段段的往事。往事黄了,最先黄下来的是脚下的土地,还有我们的皮肤。

一点小黄的心思,把我们扯到了过去。青葱的初恋,红叶的热恋,都已化作秋一样的留恋,终究那一切都会枯萎下来。

还曾记得，当我看见你的时候，最先让我硬起来的是什么？最后，让我软下来的又是什么？

我想，那一定是我的心肠！

可是，眼角总会画满鱼尾纹，黄色的皮肤会像黄色的土地一样开始松动，我们在一天一天地钙化。人已沧桑，我们还谈什么爱情？

谈？还是，不谈？

当我们谈论爱情的时候，我们是否还有气力去拥抱对方？空气里是否还会散发荷尔蒙的味道？当激情没有了激动，当爱情只剩下了心动，我们就变成了两本相邻的旧书籍，喜欢的时候，彼此便翻一翻。

最终，我们都会变成一本书，有的会被人翻阅，有的会束之高阁。谁会抖落撒在我们身上的那些尘埃，谁多年之后还会来看一看我们，我们的容颜是否已改？